Ralf Neubohn

# Die Alpakas vom Nikolaus

Nikolaus und Weihnachten grüßen

Ralf Neubohn

# Die Alpakas vom Nikolaus

## Nikolaus und Weihnachten grüßen

Bibliografische Information der Deutschen Nationalbibliothek
Die Deutsche Nationalbibliothek verzeichnet diese Publikation
in der Deutschen Nationalbibliografie;
detaillierte bibliografische Daten sind im Internet
über www.dnb.de abrufbar.

Herstellung und Verlag: BoD – Books on Demand,
Norderstedt

ISBN: 978-3-7504-8027-8

**Diese Buch ist den Rittern des Alpaka-Ordens gewidmet**

# Inhalt

**Vorwort**

Wieder habe ich viele Abenteuer mit Terry, Ludwig und Berta erlebt. Eines aufregender als das andere. So, dass es mir stets sehr schwerfällt, welche der vielen gemeinsamen Erlebnisse ich für meine Bücher auswählen soll. Denn jedes meiner Bücher in denen ich von ihnen allen berichte, ist nur eine kleine Auswahl aus einem Leben voller humorvoller Abenteuer.

Hoffentlich haben Sie an den heutigen Berichten aus dem Autorenleben so viel Freude wie ich selber!

Viel Spaß beim Lesen,

Ihr Ralf Neubohn

## Das Buch

Der Weihnachtsmann hörte lautes Kichern aus dem Stall. Erstaunt ging er nach seinen Rentieren schauen. Sie lasen gerade lachend in einem Buch.

Der Weihnachtsmann erkundigte sich erstaunt: „Was ist denn so witzig an dem Buch?" Ein Rentier antwortete kichernd: „Ralf Neubohn hat ein Enthüllungsbuch über den Nikolaus geschrieben. Es ist ungeheuer witzig!"

Der Weihnachtsmann rief begeistert: „Das werde ich mir auch gleich kaufen gehen!"

Das Rentier erwähnte zögernd: „Du kommst in dem Buch allerdings auch vor."

Empört rief der Weihnachtsmann: „Das ist skandalös! Wie kann er es wagen über mich zu schreiben? Das gehört sich einfach nicht!"

Nachdem er sich beruhigt hatte, las er schmunzelnd die folgenden Geschichten. Bei der ersten Geschichte brummte er sogar: „Aha, so war das also!"

## Die unheimliche Gestalt

„Ho, ho, ho!", rief der Weihnachtsmann und startete frohgemut zu seiner jährlichen Weihnachtstournee.

Die Arbeit schritt im Fluge voran, dennoch beschlich ihn ein seltsames Gefühl. Eine Art warnendes Kribbeln im Nacken.

Doch wo sollte schon auf den Hausdächern Gefahr für ihn sein? Im Laufe der Nacht bemerkte er immer wieder zwischen Schornsteinen versteckt eine schwarz gekleidete Gestalt. Warum beobachtete diese ihn? Sollte im Internet seine Arbeit bewertet werden? War es vielleicht sogar der schwarze Mann, der Schrecken aller Kinder? Immer wenn der Weihnachtsmann der geheimnisvollen Gestalt nahekam, verschwand sie im Dunklen. „Seltsam", dachte er.

Als gegen Morgen seine Arbeit langsam zu ihrem Ende kam, eilte die verdächtige Gestalt nach Hause. Diese dachte: „Männer muss man immer im Auge behalten, wenn sie nachts arbeiten gehen. Wer weiß, wo die sich überall rumtreiben! Vielleicht sogar bei Frauen!"

Mit diesem Gedanken kam die Frau des Weihnachtsmannes nach Hause, ging schnell ins Bett und stellte sich ahnungslos schlafend.

## Guten Appetit

Ralphus Rheumaticuslinchen schnitt voller Vorfreude die knusprig braune Weihnachtsgans an. Welche Wonnen warteten auf seinen Gaumen!

Am meisten liebte er die Maronifüllung, die einfach ideal zur Weihnachtszeit passte.

Plötzlich stutzte Ralphus. Etwas Grünes lugte aus der angeschnittenen Gans hervor. Gras? Was hatte Gras in der Weihnachtsgans zu suchen?

In diesem Moment rief voller Begeisterung seine Frau: „Überraschung! Zur Abwechslung habe ich die Gans mit Löwenzahnsalat gefüllt! Ist doch mal was anderes!"

Ralphus erbleichte und dachte daran, wie gut es jetzt sein Sohn bei sich zu Hause hatte. Dessen Frau kochte zweifellos nicht sowas Schreckliches! Der hatte es gut!

Zu diesem Zeitpunkt schaute einige Kilometer entfernt sein Sohn wenig begeistert den Weihnachtskarpfen an. Sein Hunger sank nochmals beträchtlich, als die Sauerampferfüllung sichtbar wurde. Er murmelte seufzend vor sich hin: „Wie gut hat es jetzt gerade mein Vater. Ach, beneide ich ihn! Der bekommt garantiert nicht solches Grünzeug!"

## Kunstwerke

Jonathan, Ruben und Raphael liefen im Schnee nach Hause. Plötzlich sahen sie wunderbare Kunstwerke aus Schnee vor sich. Wer hatte die nur gebaut? Welcher große Künstler lebte bisher unerkannt in der Nachbarschaft? Da erklangen zwischen Bäumen laute Geräusche.

Aha, dort wurden also neue Kunstwerke gebaut. Neugierig schlichen die drei näher und sahen…

Alpakas die gerade Schneealpakas bauten!

Wer hätte gedacht, dass Alpakas sowas können? Verwirrt gingen sie nach Hause. Vor der Haustür baute ein weiteres Alpaka ein Kunstwerk im Schnee. Doch warum gerade hier? Da bruddelte das Alpaka beim Arbeiten schwäbisch vor sich hin.

Da bemerkten die drei, dass sie ihren Opa Ralphus mit einem Alpaka verwechselten.

Au, weia!

## Die Leserin

Verärgert rief die junge Frau: „Was für ein langweiliges Buch! So ein fürchterliches Gebabbel dürfte niemand zu Weihnachten geschenkt bekommen. Das ist ja fast eine Strafe!"

Genervt warf sie das unsägliche Buch ins Eck und rief ihre zahllosen „besten" Freundinnen an, um ausführlichst von dem unendlichen Geschwätz des Buches zu berichten.

Zu Recht ärgerte sie sich. Ein Buch von Berta Babbelbergle gehörte keineswegs zu einem fröhlichen Weihnachtsfest.

Bei ihren stundenlangen Telefonaten babbelte die Buchleserin so langweilige und ausdauernd vor sich hin, dass die Freundinnen dachten: „Zwischen dieser Berta Babbelbergle und unserer Freundin Pappeline Plapperlinchen ist kein großer Unterschied. Offensichtlich beides Namen die verpflichten!"

## Die Nikolausparty

Am Nikolaustag kam Christian äußerst hungrig von der Arbeit heim und freut sich schon auf die Leckereien, die es zu Nikolaus immer gab.

Seine Kinder erwarteten ihn schon aufgeregt und riefen: „Wir haben Besuch!"

Christian fragte: „Ist Opa Ralphus da?"

„Nein, nein", erwiderten die Kleinen. „Es ist ein Besuch zur Feier des Tages, von dem Du begeistert sein wirst!"

Christian ging ins Wohnzimmer und starrte die Gäste völlig verblüfft an. Vor ihm standen die Alpakas vom Bauernhof. Na, sowas!

Zum Trost ging er zum Nikolausbüffet, um kräftig zu schlemmen. Da sah er zu seinem großen Entsetzen: Löwenzahnsalat, Sauerampfersalat und Brennesselsalat! Seine Kinder riefen freudig: „Unsere Ehrengäste sind vom Büffet begeistert und haben gesagt: Diesen Nikolaustag werden wir nie vergessen!"

Christian dachte hungrig und verärgert: „Stimmt. Diesen Tag werde ich auch nie vergessen! Nächstesmal werde ich lieber mit Papa Ralphus und seinen Teddys Kekse essen!"

## Wie reist der Nikolaus?

Haben Sie sich schon mal Gedanken gemacht, wie der Nikolaus zu Ihnen kommt? Der Weihnachtsmann fliegt mit seinem Rentierschlitten um die Welt. Wie es seit meinem Buch: „Auf der Suche nach dem verlorenen Osterei" bekannt ist, fliegt der Osterhase auf einer riesigen Möhre. Doch wie bewegt sich der Nikolaus fort? Hat er auch einen Rentierschlitten? Oder fliegt er etwa auf einem riesigen Schokoladenkeks? Nein, nein. In Wahrheit ist es ganz anders. In einem netten Dorf in Süddeutschland liegt ein Bauernhof, auf dem die Alpakas auf ihren Einsatz am 6. Dezember vorbereitet werden. Sechs schwäbische Alpakas ziehen dann vor sich hin schwäbelnd und nuschelnd den Schlitten des Nikolauses. Weil die Alpakas dermaßen arg schwäbelnd nuscheln, hielt fast jeder lange Zeit Ralf Neubohn ebenfalls für ein Alpaka. Zumal eine große optische Ähnlichkeit bestand. Dies führte häufig zu peinlichen Verwechslungen.

Doch zurück zu den Alpakas des Nikolauses. Sie freuten sich stets auf die große Reise und konnten es bis zu dieser kaum abwarten.

Das Gespann führe ein besonders süßes Alpaka. Es hieß Rudolflinchen und hatte ein rotes Stupsnäschen. Knecht Ruprecht folgte dem Schlitten des Nikolauses in einem von Huskys gezogenen Schlitten.

Beide brausten nur so durch die Gegend, so das sie problemlos am 6.12. zu jeden ins Haus kommen konnten.

Hoffentlich auch zu Ihnen!

## Die Wahrheit über Ritter

Am Nikolausabend saßen Jonathan, Ruben und Raphael mit ihrem Opa Ralphus Rheumaticuslinchen vor dem Kaminfeuer und ließen sich aus dessen Jugendzeit erzählen. Ralphus Erinnerungen hörten sich teilweise sehr seltsam an, aber sie ließen ihn dennoch weiter erzählen. Solche besonders artigen Kinder gab es selten.

Gerade erzählte ihr Opa: „Als ich im tiefsten Mittelalter zwölf wurde, gab es noch Ritter. Da wir es damals noch nicht so gut wie heutzutage hatten, mussten in meiner Jugend alle hungern. Es gab rein gar nichts zu Essen, deshalb schlachteten die Ritter ihre eigenen Pferde und aßen diese.“

Ruben fragte: „Ja, aber wie sind sie dann in den Krieg gezogen? Worauf sind die Ritter bei Turnieren geritten?“

„Gute Frage“, antwortete Ralphus. „Alpakas wurden die neuen Reittiere der Ritter. Auf diesen ritten sie zu Turnieren und in den Krieg. Weil aber die Alpakas teure Wolle besaßen, konnten die armen Ritter sehr gut vom Wollverkauf leben, wurden immer reicher und bauten sich von dem vielen Geld sogar Burgen. Von der Alpakawolle kam der Wohlstand in Deutschland.“

Daraufhin wünschten sich die drei Enkel vom Nikolaus Alpakas. Ob der Nikolaus ihnen wohl tatsächlich Alpakas in die Stiefel steckte? Eine spannende Frage.

## Schlechtes Gewissen

Im Frühjahr legte der Nikolaus zufrieden lächelnd Ralf Neubohns Buch: „Neubohns Krimihäppchen" zur Seite. Zum Glück hob er die guten Bücher für sich selber auf.

Plötzlich durchzuckte es ihn reuevoll: „Was bloß meine armen Alpakas machen? Ob sie sich vielleicht langweilen?"

Besorgt eilte er zu ihnen.

Auf der Wiese saßen sie zusammen mit den Rentieren vom Weihnachtsmann, spielten Karten und erzählten sich kichernd lustige Geschichten über den Osterhasen.

Diese stammten aus Neubohns Buch: „Auf der Suche nach dem verlorenen Osterei", wie sich der Nikolaus erinnerte.

„Ich wusste gar nicht, dass meine Alpakas so gute Bücher lesen. Wer hätte sich das denken können? Ich sollte das Buch auch mal wieder lesen."

## Ersatznikolaus

Zu Nikolaus versuchte Ludwig P. Lesi-Les seine Bücher unter das Volk zu bringen.

Er stopfte sie in die Stiefel der Nachbarkinder, die vor deren Türen standen oder versteckte sie in Brotboxen der Art, welche Arbeiter mit zur Arbeit nahmen. Wenn diese dann in der Arbeitspause ihr belegtes Brot essen wollten, entdeckten sie stattdessen angeekelt ein Buch von Ludwig P. Lesi-Les.

Nicht besser erging es den armen Kindern, die statt leckeren Naschereien Bücher von Ludwig in den Stiefeln fanden und weinend riefen: „Ich bin doch so ein braves Kind, warum werde ich so furchtbar bestraft?"

Von diesen Reaktionen ahnte Ludwig nichts, sondern hielt seine Aktion lange Zeit für einen guten Werbecoup. Bis an Halloween ihn die gerechte Strafe ereilte! Seine armen Opfer verkleideten sich als Monster und versuchten ihn mit seinen eigenen Büchern zu steinigen. Ludwig erkannte dabei, dass Literatur und Wissen tatsächlich schwer wogen und oft SCHLAGENDE Argumente besaßen.

## Das Picknick

Nach einer schönen Nikolausveranstaltung gingen Jonathan, Ruben, Raphael und ihr Opa nach Hause. Unterwegs gab es einen kleinen Imbiss.

Das Picknick verlief sehr fröhlich, dauerte aber überraschend lange. Entsetzlich lange!

Plötzlich fiel der Grund einem der Kinder auf. Es sagte zu den anderen beiden: „Ich bin schuld, dass es so lange dauert. Statt den weichen Brei habe ich dem zahnlosen Opa eine Karotte gegeben. Und da er sie nicht kauen kann, lutscht er sie nun."

„Oh, je", klagten die beiden anderen. „Das kann ja ewig dauern."

Doch die Rettung nahte. Der empörte Osterhase riss Opa Ralphus die Möhre aus dem Mund und rief: „So respektlos darf niemand vegetarische Lebensmittel behandeln. Das ist ein Skandal!"

Verärgert hoppelte er die Möhre mümmelnd davon und die Menschen konnten sich nun endlich auf den Heimweg machen.

Merke: Möhre gut, alles gut.

## Geschenke

Wie jedes Jahr gingen an Weihnachten viele Menschen hoffnungs-
froh an ihren Gabentisch. Gab es vielleicht eines der schönen
Weihnachtsbücher von Ralf Neubohn? Oder gar...?

Nein, leider nicht. Zu ihrem großen Entsetzen fanden die armen
Menschen das Buch von Berta Babbelbergle: „Meine babbligsten
Babbeleien" als Geschenk vor.

Dieser Schock führte zu zahlreichen Hörstürzen und Herzschlägen.

Wenn Sie, lieber Leser, Ihren Freunden, Nachbarn oder Verwandten
dieses harte Schicksal ersparen wollen, verschenken Sie bitte
eines der vielen Bücher Ralf Neubohns. Egal, ob als alleiniges
Geschenk oder als Geschenkbeilage zur Flasche Wein oder zur
Schachtel Pralinen, es ist immer ein originelles Geschenk.

# Die Verspätung

Jonathan, Ruben und Raphael liefen eilig durch ihr Dorf, um nicht zu spät zur Nikolausfeier zu kommen. Leider standen die Chancen nicht gut, es lag noch eine weite Strecke vor ihnen. „Wir schaffen es nicht!", rief Jonathan aus. Doch Ruben zeigte aufgeregt nach vorne. Jonathan wunderte sich darüber und schaute angestrengt die Straße entlang. Tatsächlich! Vor dem Bauernhof, wo es Alpakas gab, stand eines rastend auf der Straße. „Vermutlich ausgebüxt", meinte Raphael. Leise schlichen sich die drei zu dem Tier, sprangen auf und ritten auf ihm zur Nikolausfeier. Diese erreichten sie doch noch pünktlich, obwohl das Alpaka sich als besonders störrisch erwies. Beim Fest angekommen rief ein Reporter: „Aber das ist doch kein Alpaka, das ist doch Ralf Neubohn!" Die drei sehen das zottlige Ding genauer an und überlegten angestrengt: Sah so Ralf Neubohn aus, wenn seine Haare nicht so lang wie sonst waren? Oder ähnelte einfach das Alpaka Ralf Neubohn? Dieses Rätsel konnte nie gelöst werden, weil der Zottel in die Wälder floh. Das Ganze blieb eines der zahlreichen Geheimnisse des Lebens.

## Doppelgänger

Jonathan, Ruben und Raphael kehrten vom Nikolausfest heim, als ihnen auf der Straße ein Alpaka begegnete. Oder war es doch schon wieder Ralf Neubohn?

Ratlos flüsterten sie untereinander, wer es wohl sei? Ralf Neubohn wegen der lahmen Gangart? Ein Alpaka, weil es pausenlos irgendwas kaute? Wie sollten die drei ihren Gegenüber ansprechen? Wie sich verhalten? Das Alpaka dachte tief beleidigt: „Mich mit diesem Ralf Neubohn zu verwechseln! Welch eine Beleidigung! So alt, gebrechlich und zahnlos bin ich doch nicht! Ich sollte die drei eigentlich zur Strafe beißen, damit sie sehen, dass ich nicht wie Ralf Neubohn zahnlos bin!"

Das Alpaka stolzierte an den drei Ratlosen zutiefst beleidigt vorbei. Diese merkten nun, dass es nicht Ralf Neubohn sein konnte, weil dieser ständig undeutlich vor sich hin murmelte. Ein gutes Erkennungsmerkmal, das sie sich merken sollten.

## Kaffeekränzchen

Der Nikolaus und der Weihnachtsmann aßen gemütlich Kuchen und tranken Kaffee dazu.

„Ah, das tut gut!", seufzte der Nikolaus zufrieden. „Das wärmt einen so richtig auf!"

„Naja", meinte der Weihnachtsmann. „Durch die Erderwärmung braucht man im Dezember nur noch selten etwas Warmes zum Trinken. Übrigens ziehe ich in diesem Fall Glühwein vor."

„Ja, das sieht man Deiner Nase an", erwiderte etwas vorwurfsvoll der Nikolaus. „Du trinkst sowieso etwas mehr als früher. Hast Du Kummer?"

Der Weihnachtsmann lachte erbittert auf: „Kummer? Und wie! Fast alle Kinder beschweren sich über ihre Geschenke! Sie wollen zu Weihnachten Bücher von Ralf Neubohn. Notfalls welche von Ludwig P. Lesi-Les. Aber keiner will welche von Berta Babbelbergle! Die Kinder werfen mir verärgert Bertas Bücher nach. Rudolf und ich haben schon einige blaue Flecken!"

Der Nikolaus entgegnete mitleidsvoll: „Bin ich froh, dass ich nur Naschereien bringen muss. Aber warum bringst Du zu Weihnachten ausgerechnet die langweiligen Bücher von Berta Babbelbergle?"

Der Weihnachtsmann seufzte: „Jeder nennt mich den Weihnachtsmann. Aber ich habe auch einen richtigen Namen. Dieser lautet: Hubert Babbelbergle. Ich bin Bertas Opa. Und wenn ich deren Bücher nicht am 24.12. in Umlauf bringe, kann ich am 25.12. was erleben!"

23

Wenn der geneigte Leser dieses Buches auch mal zu Weihnachten ein Buch von Berta Babbelbergle bekommt, verzeihen Sie es dem armen Weihnachtsmann. Sie sehen, er kann ja auch nichts dafür!

## Eislaufen

Berta und Ludwig liefen auf einem zugefrorenen See Schlittschuh. Dabei beleidigten sie die Bücher des jeweils anderen so intensiv, dass ihnen etwas sehr Seltsames erst nach vielen Stunden auffiel. Äußerst merkwürdige Tiere liefen ebenfalls Schlittschuh. Tiere, die hier überhaupt nicht üblich waren. „Vielleicht Nilpferde?", meinte Berta fragend. „Nein", antwortete Ludwig. „Sowas habe ich überhaupt noch nie gesehen. Es sind keine Pferde, Esel, Alpakas oder Ähnliches. Was machen die bloß hier auf dem See?"

Eine sehr gute Frage die ungewöhnlichen Wesen starteten auf der einen Seite des Sees und fegten dann mit Volldampf zur anderen Seite, wo sich dann dasselbe wiederholte.

„Kann es ein Wettrennen sein?", erkundigte sich Berta. Aber auch diese Lösung befriedigte nicht. Dazu liefen die Bewegungen zu gleichmäßig. Was unsere beiden Autoren leider nie erfahren sollten: Sie sahen die Rentiere des Weihnachtsmanns, die schon fleißig für den 24.12. trainierten.

Hut ab, für diese ausdauernde Leistung!

## Die Umleitung

Eilig flog der Weihnachtsmann auf der Himmelsautobahn voran. Sein Schlitten sauste nur so dahin.

Er lag gut in der Zeit und konnte somit pünktlich überall seine Geschenke abgeben.

Erleichtert atmete der Weihnachtsmann auf. Doch was war das? Vor ihm erschien ein großes Schild: „Umleitung" auf der Himmelsautobahn. Verärgert bruddelte er vor sich hin. Das würde viel Zeit kosten!

Nach einer Weile erschien auf der Umleitungsstrecke ein weiteres Schild „Umleitung".

„Mist!", schimpfte der Weihnachtsmann. „Jetzt wird es echt knapp noch allen Kindern ihre Geschenke zu bringen!"

Einige Zeit später erschien wieder ein neues Umleitungsschild. An dieser Stelle wollen wir lieber nicht das Schimpfen des armen Weihnachtsmannes wiederholen, es sei nur gesagt, dass der Wortlaut sich sehr drastisch anhörte.

Endlich kam das Ende der vielen Umleitungen! Ein Glück, denn die Zeit wurde allmählich sehr knapp. Unter ihm lag ein Haus mit großen Schild: „Alle schönen Geschenke hier abgeben!"

Der Weihnachtsmann landete erstaunt und sah auf das Türschild des Wohnungsinhabers. „Ludwig P. Lesi-Les" las der Weihnachtsmann und dachte: „So ein Racker!" Kichernd steckte er ihm ein besonders langweiliges Buch von Berta Babbelbergle in den

Briefkasten und rief grinsend: „Viel Spaß beim Lesen und frohe Weihnachten!"

Laut lachend flog er davon. Armer Ludwig!

## Die Wahrheit über Alpakas

Der Autor Ralphus Rheumaticuslinchen sprach zu seinen drei Enkeln: „Denkt daran: Alpakas sind gefährliche Tiere!"

Jonathan fragte: „Aber Opa! Warum sollen sie denn gefährlich sein? Wir spielen doch immer mit ihnen und es ist noch nie was passiert!"

Ralphus erklärte belehrend: „Schon im Mittelalter gab es bei uns Alpakas. Damals besaßen sie noch grünes Fell und wurden Drachen genannt. Im alten Ägypten hatten sie Flügel und hießen Sphinx. Zur Erinnerung daran gibt es dort sogar noch heute Bauwerke."

Ruben erwiderte skeptisch: „Opa! Alpakas können doch nicht fliegen. Das weiß jeder!"

Doch Ralphus beharrte darauf und schlurfte humpelnd nach Hause.

Plötzlich hörten seine drei Enkel Glockengeläut und der Nikolaus flog mit seinem von schönen Alpakas gezogenen Schlitten zu ihren Schornstein. Sein enormes Tempo betrug dabei sechs AS, also sechs Alpakastärken.

Raphael flüsterte erschüttert: „Opa hatte Recht. Alpakas können wirklich fliegen! Ob das mit den Drachen und Sphinxen vielleicht auch stimmt?"

## Der beste Freund des Nikolaus

Viele Menschen fragten sich: Wie heißt wohl der beste Freund des Nikolauses? Knecht Ruprecht? Weihnachtsmann? Osterhase? Vielleicht mochte er auch seinen Hund am liebsten?

Ja, es gab viele realistische Möglichkeiten, auf die wirkliche Lösung zu kommen, besaß daher viele Schwierigkeiten. Daher heute nun die Lösung des großen Rätsels! Der beste Freund des Nikolauses hieß Rudolflinchen. Das Alpaka mit dem roten Stupsnäschen. Zusammen suchten sie zu Ostern die Ostereier, zu Weihnachten warteten sie gemeinsam voller Aufregung auf dem Weihnachtsmann.

Als Leittier zog Rudolflinchen den von Alpakas gezogenen Schlitten des Nikolauses.

Auch sonst unternahmen sie viel gemeinsam. So gingen die beiden gerne zusammen ins Freibad oder in den Südseeurlaub.

Doch bei einer Sache, einer sehr wichtigen Angelegenheit, lag ihre Meinung weit auseinander. Da lagen Welten zwischen ihnen. Der Nikolaus liebte abends Kakao und Schokokekse. Rudolflinchen fand Kakao und Honigkekse viel besser. Welch ein Unterschied zwischen zwei Freunden!

## Dick?

Als eines Jahres der Nikolaus in den Schlitten stieg, ächzten die armen Alpakas empört: „Du wirst zu dick! Wir bekommen den Schlitten kaum noch in die Luft!"

Der Nikolaus verbat sich das: „Ich werde nicht dick! Der Schlitten ist nur so schwer, weil in den Packungen der Süßigkeiten mehr Füllmaterial als früher ist!"

Als vor ihnen das erste Haus auftauchte, rutschte der Nikolaus mit einem lauten „Hui" in den Schornstein. Elanvoll sauste er herab und … blieb mitten im Kamin stecken! „Die Schornsteine werden auch immer schmaler", dachte er verärgert.

Die Alpakas sahen seine Notlage und handelten sofort. Alpakas sind reaktionsschnelle Tiere. Sie kicherten: „Hi, hi, Du wirst also nicht zu dick, was? Aber um Dich zu unterhalten, lesen wir Dir aus einem Buch von Berta Babbelbergle vor, dass wir in einem Komposthaufen fanden."

Vor Schreck machte der Nikolaus einen Satz und sauste aus dem Kamin, wie ein Korken aus der Sektflasche. Der Schock, um ein Haar Bertas Texte hören zu müssen, ließ ihn noch lange zittern.

**Folgenreich**

Der Nikolaus summte freudig vor sich hin. Heute ging es wieder auf die jährliche Tour! Eine ideale Arbeit für ihn! Mit dem Schlitten durch die Luft sausen und Kindern schöne Geschenke bringen! Was konnte es Besseres geben?

Noch voller Vorfreude grinsend, öffnete er die Stalltür. Doch statt elanvolle Alpakas zu sehen, die sich auf Bewegung freuten, sah er nur völlig schlaff rumliegende Tiere. Hatten sie vorher zu lange gefeiert? Waren die Alpakas gar betrunken? Oder noch viel schlimmer: Erlagen sie einer üblen Krankheit? Tief erschrocken versuchte der Nikolaus alles, um die armen Tiere munter zu machen.

Da sah er zwischen ihnen eines der Bücher von Berta Babbelbergle liegen. „Aha", dachte er. „Sie sind beim Lesen vor Langeweile eingeschlafen. Selber schuld! Ich habe stets vor diesen öden Büchern gewarnt!"

Endlich konnte der Nikolaus mit den schlaftrunkenen Alpakas starten. Während sie torkelnd über die Himmelsautobahn flogen, dachte er: „Hoffentlich kommt uns kein Polizeihubschrauber oder UFO entgegen. Das kostet mich sonst den Führerschein! Denn diese schwankenden Tiere wirken, als ob sie besoffen wären!"

## Begegnung

Hoch am Himmel trafen sich zufällig der Nikolaus mit seinem Schlitten und der Osterhase auf seiner fliegenden Möhre.

Der Osterhase sagte vorwurfsvoll: „Was? Du fliegst bequem in einem Schlitten? Ich dachte, Du gehst zu Fuß mit einem Sack voller Geschenke zu den Kindern?"

Der Nikolaus erwiderte entsetzt: „Zu Fuß? In meinem Alter? Und einen Sack tragen? Bei meinem Rheuma? Davon abgesehen: Was ist mit Dir? Osterhasen hoppeln doch mit den Ostereiern durch die Gärten?"

Schockiert rief der Osterhase: „So viel rumhoppeln? Mit meinen zarten Pfötchen? Das kann ich nicht!"

Beide heuchelten Verständnis für den jeweils anderen und flogen weiter. Dabei dachten beide: „So ein fauler Sack! Etwas Bewegung würde ihm guttun! Außer mir selber weiß einfach niemand mehr, was wirklich Arbeiten heißt!"

## Rätselhaft

Müde, mit Muskelkater stand der Nikolaus vor dem Abreiß-kalender. Vor seinen Augen prangte eine Fünf. Heute Nacht ging es also zur jährlichen Nikolaustour los. Warum war er bloß so schlapp, fühlte sich überarbeitet? Hatte er es nur geträumt, dass schon gestern die Tour stattfand?

Zweifelnd und erschöpft ging es später mit den Alpakas zur jährlichen Rundreise. Auch seine Tiere wirkten überarbeitet. Woran konnte das liegen? Wintermüdigkeit?

Nach der Arbeit riss er die Zahl Fünf von seinem Kalender ab und wollte erschöpft ins Bett gehen. Da sah er sich das Kalenderblatt doch noch genauer an und murmelte: „Ihr kleinen Gauner! Euch werde ich es zeigen!"

Zusammen mit Knecht Ruprecht und den Alpakas versteckte der Nikolaus sich in der Wohnung, um die Übeltäter zu erwischen. Nach einer Weile schlichen Ludwig P. Lesi-Les, Terry und Berta Babbelbergle herein, nahmen die Fünf aus dem Papierkorb und klebten das Kalenderblatt wieder an. „Morgen bekommen wir wieder Geschenke! Das war eine super Idee von uns!"

Plötzlich verging ihnen das Lachen, als sie von den Alpakas gebissen und von Knecht Ruprecht versohlt wurden.

Merke: Alles hat seinen Preis!

## Die Verspätung 2

In diesem Jahr hatte es der Nikolaus besonders schwer. Unterwegs brach eine Schlittenkufe, zwei Alpakas litten unter einer Art Mauser und der Fahrtwind wehte ihm ihre gelösten Haare laufend in sein Gesicht.

Zu allem Elend verfuhren sie sich auch noch in mehreren Neubaugebieten. Dies alles kostete Zeit, viel Zeit.

Der Nikolaus dachte dabei oft daran, wie sich bestimmt seine Nikofrau über die Verspätung ängstigte.

Leider vergaß er, vor seiner Reise das Handy aufzuladen, so konnte kein Beruhigungsanruf von ihm erfolgen. Vermutlich verging die Nikofrau inzwischen schon vor Sorgen! Die Arme!

Verbissen und eilig wurden die letzten Geschenke verteilt und es ging so schnell über die Himmelsautobahn nach Hause, dass mehrere Radarfallen ihn blitzten. Doch das interessierte den Nikolaus nicht. Nur rasch nach Hause kommen!

Daheim eilte er zum Wohnzimmer, um seine Frau zu beruhigen. Doch die Nikofrau saß mit ihren Freundinnen gemütlich bei Kaffee und Kuchen und sagte gerade zu diesen: „Nichts geht über einen gemütlichen Mädelsabend! Ein Glück, dass mein Mann sich heute wieder in der Gegend rumtreibt!"

## Berta, Ludwig & Co

Für Leser die wissen wollen, was Berta und Ludwig sonst so alles erlebt und erlitten haben, sei auf „Weihnachten mit dem literarischen Kleeblatt", „Auf der Suche nach dem verlorenen Osterei", „Weihnachten und Silvester mit Flammenfeder", „Vorhang auf für Nikolaus, Weihnachten und Ferien", „Bühne frei für Fasching und Halloween" und „Gartenschau Magie" hingewiesen.

Ihr 1. Abenteuer erschien in: „Die Gartenschau Im Rampenlicht." Es war sehr aufregend!

Ralf Neubohns Abenteuer als Autor sind u.a. in: „Im Tal der Autoren", „Alle Autoren an Bord", „Die zauberhaften Altbohns", „Erinnerungen eines vergesslichen" usw.

Da viele Leser immer wieder nach einer Übersicht meiner lieferbaren Werke fragen, hier nun ein Teil der über den Buchhandel erhältlichen Titel. Alle kann ich hier nicht auflisten, weil es einfach zuviel ist, was es an Büchern von mir als Autor und Herausgeber gibt.

**Gedichte**

„Hier und Jetzt"

„Lyrik – muß das sein?"

„Frisch gewagt"

**Gedichte und Kurzgeschichten**

„Die zauberhaften Altbohns"

**Bücher mit schwarzen Humor Gedichten**

„Abra Makabra Schlimmsalabim"

„Die Gartenschau-Morde"

„Tod auf dem Kaktus"

„Neues vom 1. April"

## Kurzkrimis

„Abschied ist nicht nur ein bisschen wie Sterben"

„Mörderisch gut"

„Kriminelle Energie"

„Neubohns Krimihäppchen"

## Gartenschau Trilogie

„Flammenfeder live von der Gartenschau"

„Gartenschau Phantasie"

„Herzlich willkommen Gartenschau"

„Galaabend für die Gartenschau"

„Abschiedsvorstellung für die Gartenschau"

„Die Gartenschau-Morde"

„Tod auf dem Kaktus"

„Neues vom 1. April"

„Gartenschau Magie"

„Die Gartenschau im Rampenlicht"

**Heiteres aus dem Autorenleben**

„Im Tal der Autoren"

„Alle Autoren an Bord"

„Terry ein Schotte in Schwaben"

„Erinnerungen eines vergesslichen"

„Die zauberhaften Altbohns"

**Sciende Fiction/ Fantasy**

„Sam Space"

**Jahresfeste**

„Weihnachten mit dem literarischen Kleeblatt"

„Auf der Suche nach dem verlorenen Osterei"

„Weihnachten und Silvester mit Flammenfeder"

„Vorhang auf für Nikolaus, Weihnachten und Ferien"

„Bühne frei für Fasching und Halloween"

„Die Alpakas vom Nikolaus"

Weitere Bücher von mir liste ich einem der nächsten Bücher von mir auf, sonst wird es heute ein bisschen zu viel.

Ich möchte noch darauf hinweisen, dass Bücher bei einigen Verlagen nicht unbegrenzte Zeit lieferbar sind. Wenn Bücher bereits lange auf dem Markt sind bzw. wenn es von diesen schon mehrere Auflagen gab, werden dann oft keine Auflagen davon mehr gedruckt.

Diese Bücher sind dann also irgendwann nicht mehr lieferbar. Daher kann ich nur dringend empfehlen, Bücher die Sie interessieren, rechtzeitig über Ihre Buchhandlung zu bestellen.

Bereits schon jetzt gibt es sehr viele Bücher von mir nicht mehr, die ich deshalb hier erst gar nicht aufgelistet habe.

Auch viele Bücher in denen wunderbare Texte von Carmen Neubohn sind, gibt es nicht mehr. Derzeit noch lieferbar:

„Die zauberhaften Altbohns"

„Frisch gewagt"

„Gartenschau Magie"

„Weihnachten mit dem literarischen Kleeblatt"

„Herzlich Willkommen Gartenschau"

„Weihnachten und Silvester mit Flammenfeder"

**Nachwort**

Liebe Leser,

Sie sind nun an das Ende meines kleinen Büchleins gekommen. Wir hoffen, Sie gut und abwechslungsreich unterhalten zu haben.

Falls Sie beim Lesen auf den Geschmack gekommen sind, so gibt es von uns viele weitere schöne Bücher zum selber Genießen oder als originelles Geschenk für andere. Etwa zu Ostern, Weihnachten und Geburtstagen.

Mit freundlichen Grüßen und hoffentlich bis bald!

Ihr Ralf Neubohn

**Lesetipp:**

**Ralf Neubohn, Carmen Neubohn und Michael Kerawalla:
„Weihnachten mit dem literarischen Kleeblatt"**

Die folgenden Textproben sind von Ralf Neubohn:

**Besinnlichkeit**

Besinnlich saß Hubert am Kaminfeuer, las Ralf Neubohns witzige Gartenschaubücher und ließ sich den warmen Tee gefallen. Vor dem Kamin räkelten sich ein paar Hunde und aus dem Radio erklang schöne Weihnachtsmusik. So harmonisch, so friedlich musste Weihnachten sein, um fürs nächste Jahr Kraft zu tanken! Ein langer, gemütlicher Abend lag vor ihm. Als seine Frau ins Esszimmer kam, fragte er: „Ob mir der Weihnachtsmann wohl etwas bringt?" Sie schaute ihn erstaunt an und meinte zweifelnd: „Hast Du es vergessen? Du bist der Weihnachtsmann und solltest Dich langsam auf den Weg machen!"

„Ups!", rutschte es dem Weihnachtsmann raus, bevor er zur Arbeit ging.

# Weihnachtsüberraschung

Am Heiligen Abend saß der bekannte Autor Ludwig P. Lesi-Les mit seinen Teddys im Wohnzimmer, um mit ihnen zusammen Weihnachten zu feiern. Da Bären Honig mögen, gab es Honigkekse zum Kakao. Sie hörten gemeinsam schöne Weihnachts-CDs von Dean Martin, Frank Sinatra und Johnny Cash. Als Ludwig auf vielfachen Wunsch der Teddys die Udo Jürgens Weihnachtslieder laufen lassen wollte, klingelte es plötzlich an der Tür. Wer konnte das bloß sein? Hatten sie die Musik zu laut angehabt? Vor der Tür stand der Weihnachtsmann. Oder war es Ralf Neubohn? Der sah genauso alt aus und lief immer in seinem roten Bademantel rum, weil er stets vergaß sich umzuziehen. Nun, die Frage klärte sich schnell, als hinter dem Weihnachtsmann Rudolf das Rentier reinschaute. „Was willst denn Du?", fragte Ludwig. „Bringst Du mir meine Geschenke?"

Darauf kicherte der Weihnachtsmann: „Dafür bist Du viel zu alt. Ich bin hier um ein paar Deiner doofen Bücher zu holen, welche sich Kinder seltsamerweise zu Weihnachten wünschen. Darf ich daher ein paar aus Deinem Büro mitnehmen?"

Verärgert erwiderte der Autor: „Ja, nimm halt eine Handvoll mit. Aber dass Du hier Geschenke abholst, anstatt welche zu bringen, ist schon ein starkes Stück."

Der Weihnachtsmann lief mit Rudolf ins Büro und meinte entschuldigend: „Die Zeiten werden schlechter. Alle müssen sparen, auch ich."

Ludwigs Augen wurden immer größer, als der Weihnachtsmann Sack für Sack mit seinen Romanen vollgepackte und gemeinsam mit Rudolf fortbrachte. Gereizt maulte Ludwig die Tür schließend: „So ein alter Gauner! Ein paar Bücher sagt der Kerl und nimmt 5

Säcke Bücher mit! Bei dem muss wohl auch die schwarze Null stehen!" Da fiel ihm etwas ein. Der Weihnachtsmann sagte, er sei zu alt für Geschenke. Sah er wirklich so alt aus? Besorgt eilte Ludwig ins Bad und schaute in den Spiegel und zuckte erschrocken zusammen. „Nun, ja", dachte er. „Ich sehe wirklich nicht mehr wie ein Teeny aus. Aber Autor sein ist halt einfach auch sehr anstrengend. Lesungen, Bücher schreiben, Werbung machen." Da klingelte es schon wieder. „Wenn der Typ noch mehr Bücher von mir holen will, kann er was erleben!", brummelte der Autor vor sich hin. Er riss wütend die Tür auf und schrie: „Was ist jetzt schon wieder?" Im selben Augenblick verschlug es ihm die Sprache. Vor ihm standen der Ministerpräsident und der Bundespräsident. Wollten die etwa auch säckeweise Bücher holen?

„Entschuldigen Sie die Störung Herr Lesi-Les. Wir sind schnellstmöglich zu Ihnen gekommen, um Ihnen im letzten Augenblick das Bundesverdienstkreuz zu überreichen und Ihre Wohnung zu einem Museum zu erklären. Tausende Ihrer Leser werden nach Ihrem Tod hierher pilgern."

Ludwig verschlug es die Sprache. „Was soll das heißen? Eine Wohnung wird stets erst nach dem Tod des Autors zum Museum erklärt!"

Daraufhin meinte der Ministerpräsident verlegen nuschelnd: „Na ja, da Sie viel älter aussehen, als der Urgroßvater des Weihnachtsmannes, wollten wir schnell die Sache mit dem Museum und dem Bundesverdienstkreuz erledigen. Wissen Sie, das später posthum mit den Erben zu klären ist schwierig."

Wütend giftete der Autor: „So alt bin ich nicht und sehe auch nicht so aus. Ich bin erst 22 Jahre! Alt bin ich erst, wenn ich beginne zu verkalken, oder wenn die Zeitung an meinem Nachruf arbeitet!"

Damit schmiss er die Tür den beiden vor der Nase zu und eilte zum Telefon, welches schon lange klingelte. „Was ist?", fauchte er ins arme Telefon.

„Hier ist Berta Babbelbergle. Ich schreibe gerade für meine Zeitung den Nachruf auf Sie und wollte fragen, ob Sie vorher noch was dazu zu sagen haben?"

„Wieso Nachruf? Ich bin körperlich und geistig noch voll da!"

Berta erwiderte ungerührt: „Heute sollten Sie mit Herrn Neubohn die große Weihnachtslesung im Theater machen. Haben Sie das vergessen? Weil Sie nicht kamen, vermuteten alle, dass Sie im Sterben liegen."

Belehrend rief Ludwig: „Alt und Tod ist man erst, wenn die Wohnung zum Museum wird." Nachdem ihm dies rausgerutscht war, schwieg er nachdenklich und betreten...

**Lesetipp:**

**Ralf Neubohn und Carmen Neubohn:
„Weihnachten und Silvester mit Flammenfeder"**

Die folgenden Textproben sind von Ralf Neubohn:

**Neujahresvorsätze**

Angeblich wohnte die Autorin Berta Babbelbergle in einer Wohnung. Angeblich…

Niemand hatte diese Wohnung je gesehen. Denn Berta saß von morgens 8.00 Uhr bis Abends 20.00 Uhr in ihrem Stammcafé und aß mit den Leuten die sie dort besuchten Kuchen und süße Stückle. Der Briefträger, ihre Verleger, Freunde, Verwandten, Kollegen tauchten dort bei ihr auf, gaben sich sozusagen die Klinke in die Hand. Falls jemand Berta dringend erreichen musste, stand auf ihrem Stammtisch ausschließlich für sie ein Telefon, welches unter ihrem Namen angemeldet war.

Als sie an Silvester mit Terry, Ludwig P. Lesi-Les dort mit Kuchen und Sekt feierte, bemerkte sie im Gespräch, dass auch dieses Jahr alle mehr Bücher geschrieben hatten, als sie selber. Woran konnte das liegen? Sollte sie vielleicht weniger Essen und weniger mit den Leuten babbeln und dafür mehr schreiben? Sie nahm es sich fürs neue Jahr fest vor.

Am 1. Januar saß sie wieder dort von 8.00 Uhr bis 20.00 Uhr, aß Kuchen und babbelte pausenlos.

Oh, welch energischer Versuch sich zu bessern!

## Weihnachtsmelodien

Der Weihnachtsmann flog mit seinem Schlitten flott durch den Himmel. Für die imposante Geschwindigkeit sorgten 12 flinke Rentiere. Mit 12 RS konnten selbst große Strecken rasant zurückgelegt werden.

Fröhlich läuteten die Glöckchen der Rentiere, übertönten sogar das laute „Ho, Ho, Ho!" des Weihnachtsmannes deutlich.

Das Geschenkeverteilen verging wörtlich im Fluge und der Weihnachtsmann kam früh nach Hause. Die Rentiere bekamen ein veganes Büffet, während Herr und Frau Weihnachtsmann Gänsebraten aßen. Da sagte der Weihnachtsmann: „Deine CD mit Weihnachtsmusik ist sehr merkwürdig. Sie besteht nur aus Glockenläuten."

Seine Frau entgegnete: „Dir schallen noch die Glocken der Rentiere nach. Das solltest Du eigentlich noch von den letzten Jahren wissen. Es wird eine Weile dauern, bis Deine Ohren wieder davon frei sind."

„Ach", antwortete er, „das hatte ich völlig vergessen. Aber jetzt weiß ich, warum ich laufend das Gefühl habe, dass jemand an der Tür läutet."

Seine schwerhörige Frau bemerkte davon nichts, während draußen Ludwig P. Lesi-Les halb erfroren Sturm läutete. Der Arme!

## Weihnachtsgeschenke

Terry feierte mit den zauberhaften Altbohns Weihnachten. Nach einem gemütlichen Beisammensein kam die Zeit der Bescherung.

Oh, war das eine Bescherung! Terry schrie empört auf: „Igitt! Bücher von Berta Babbelbergle und Ludwig P. Lesi-Les! Was soll ich damit? Die sind doch völlig unnütz!"

Doch die zauberhaften Altbohns meinten: „Das siehst Du falsch. Diese Bücher sind das ideale Geschenk."

„Was? Dieses langweilige Zeug?", fragte Terry erregt und bekam zur Antwort: „Sie sind praktisch! Als Türstopper, zum Fliegenklatschen oder wenn der Tisch mal wackelt. Mit diesen Büchern lässt sich viel Sinnvolles machen."

Zum Glück hörten Berta und Ludwig das nicht. Ich habe das Gefühl, sie wären seltsamerweise etwas enttäuscht gewesen.

**Omen**

Berta Babelbergle feierte in Berlin Silvester. Die riesige Party mit guter Stimmung und noch besserer Musik beeindruckte sie sehr. In gehobener Stimmung lief sie in Richtung Hotel. Eindeutig ein guter Start ins neue Jahr.

Berta glaubte fest an Omen. Sicherlich würde auf dem Weg ins Hotel ein weiteres Omen auf sie warten.

Ein Zeichen, womit sie im neuen Jahr zu rechnen hatte. Frohgemut schaute sie sich um und sah...

Ein Beerdigungsinstitut. Oh, weh!